MW00331635

Un personnage de Thierry Courtin
Couleurs : Sophie Courtin

Loi n°49-956 du 16 juillet 1949
sur les publications destinées à la jeunesse,
modifiée par la loi n°2011-525 du 17 mai 2011.
© 1999 Éditions NATHAN, SEJER,
25 avenue Pierre de Coubertin, 75013 Paris
ISBN : 978-2-09-202047-0
Achevé d'imprimer en janvier 2016
par Lego, Vicence, Italie
N° d'éditeur : 10220244 - Dépôt légal : mars 1999

# T'choupi
## part en pique-nique

Illustrations
de Thierry Courtin

– Mmm ! ils ont l'air bon
ces sandwichs, dit
T'choupi.
– Eh ! petit coquin,
dit mamie. Ce n'est pas
pour manger tout de suite.
Va donc plutôt te préparer.

– Ça y est ! je suis prêt.
Tu as vu, papi, j'ai mis
mes chaussures
de randonnée.
– Te voilà bien équipé.
Allez, en route, mauvaise
troupe !

T'choupi aime bien
marcher. Et surtout,
il aime être le premier.
– Pas si vite, T'choupi !
Attends-nous.

– J'ai soif, dit T'choupi.
Je vais boire un peu.
Si tu veux, papi,
je te prête ma gourde.
– Merci T'choupi. Il est
bon, ton jus de fruit.

– Regarde T'choupi,
les jolis coquelicots.
Tu m'aides à les cueillir ?
On va faire un bouquet
pour maman.
– D'accord papi.

– Attends-moi, mamie,
je mets ma casquette.
– Tu as raison. Il fait
vraiment très chaud !
Je vais mettre
mon chapeau, moi aussi.

– On s'arrête bientôt
pour manger ? demande
T'choupi.
– Ici, ça te plaît ?
propose papi.
– Oh oui ! C'est super !
Le tronc d'arbre, ça fait
comme un banc.

– Tu as vu mamie, c'est des cadeaux pour papa et maman.
– Oh ! une pomme de pin et une jolie plume d'oiseau. Ils vont être contents.

T'choupi est fatigué,
il ne veut plus avancer.
– C'est trop long.
Et puis, j'ai mal aux pieds.
– Encore un petit effort,
on est presque arrivés.

– Eh bien T'choupi !
on ne t'entend plus.

T'choupi s'est endormi
sur les épaules de papi.